LA BOUC

Gaetaño Bolàn est né en 1
et de mère française, il pr
– ce qui explique qu'il écrive directement en français. Son enfance est fortement marquée par la dictature de Pinochet. Parvenu à l'âge adulte, il voyage dans le monde entier, pose un temps ses valises en France. C'est là qu'il publie en 2005 son premier roman, *La Boucherie des amants* qui va bénéficier d'un important bouche à oreille, et faire l'objet d'une adaptation théâtrale. Ce premier livre est suivi en 2009 d'un deuxième, *Treize alligators*, fable mordante sur la mafia chilienne. Il est retourné depuis vivre au Chili, dans un petit village totalement coupé du monde.

GAETAÑO BOLÁN

La Boucherie des amants

ROMAN

LA DRAGONNE

ISBN : 978-2-253-13420-6 – 1re publication LGF

CHAPITRE PREMIER

Où il sera dit que Tom regardait la nuit

L'enfant avait un cœur pur et il regardait la nuit. Personne n'aurait su dire s'il était triste, joyeux, ou simplement assoupi. Il était là, posé dans la masse de son petit corps, comme absorbé par le crépuscule. Toujours il sondait le grand noir de l'âme où passent des comètes. Mais il ne savait pas les comètes, il ne savait pas l'âme et ses grandeurs, ses petitesses tout aussi bien, il connaissait seulement l'ombre. Paisible obscurité qui l'enveloppait. Féroces ténèbres qui le mangeaient. Et câline la nuit jamais n'était, ni ne fut. Pourtant ni l'enfant ni sa famille ne se plaignaient : la nuit devait devenir une amie.

L'enfant avait un petit nom, sec et vif comme l'éclat du silex. Tom. Facile à retenir. Plus facile encore à prononcer. Tom ! Où es-tu Tom ? Où files-tu Tom ? Pour dire vrai, Tom n'était pas son vrai nom. On ne pouvait tout de même pas obliger les gens à le prononcer en entier ! D'autant qu'on s'embrouillait toujours un peu la langue dans ses longues syllabes. Ce n'était pas un nom de chez nous, ah ça ! Tomaseo. Pensez un peu ! A-t-on idée d'avoir un prénom pareil ? Ça cafouillait dans la bouche cette musique du nom, et le gamin se retrouvait affublé d'un Tomeo, ou d'un Tomasino. Quand ce n'était pas Tonino, ou Maceo ! Bref, tout le monde avait fini par l'appeler Tom. Et là ça roulait ! Tom !

L'enfant Tom était apprécié de tous. Il était doux, il était tendre. Et espiègle avec ça ! Il furetait ici et là, les mains devant lui, comme ouvertes pour attraper le vent, et trottinait benoîtement. Les gens étaient affables avec lui ; sa seule présence suffisait à ramollir les cœurs les plus endurcis. On lui parlait avec une voix posée, en articulant bien. Toute cette gentillesse faisait grimacer les vieilles, qui se tordaient la bouche à bien prononcer « Tom, petit Tom ! ». Et le gamin riait ainsi d'entendre toutes ces grimaces. Il croquait de tout petits fruits, des fraises sauvages par exemple, et demandait aux vieilles :

– On peut donner des fraises aux crocodiles ?

Ou encore :

– Je peux avoir un crocodile à la fraise ?

Les bonnes dames alors, loin d'en être étourdies, lui répondaient avec douceur, articulant de nouveau, et grimaçant à qui mieux mieux…

Tom était haut comme trois pommes. Non qu'il eût cessé de grandir, il prenait même quelques centimètres à mesure qu'il s'éloignait du bas âge, mais il donnait l'impression d'être toujours dans les pattes des grands. Il se collait, il se cognait. Et ça faisait boum dans les genoux des adultes. Et les grands riaient. Et Tom riait. Il pouvait bien se mettre dans les jambes de tel ou telle, toujours on lui pardonnait.

Car Tom avait un secret.

CHAPITRE II

Où l'on sera renseigné sur les risques de l'émasculation

La lame du hachoir était d'un blanc très pur. La lumière s'y refléta en un bref éclair. Contournant son comptoir, Juan s'en empara et hurla :

– Je vais te couper les couilles !

Son interlocuteur, un homme aux ongles noirs et à l'air chafouin, ne se démonta pas :

– Coupe, coupe, boucher… Ça ne m'empêchera pas de prendre ce que je veux. J'ai faim !

– Tire-toi d'ici ou je te coupe les couilles, et je te les fais bouffer ! Ce sera ton repas du jour !

Tom connaissait la scène par cœur. Il l'avait entendue cent fois. Chaque jour l'homme, issu des quartiers pauvres de la ville, venait dans la boucherie de son père, pour chaparder une saucisse ou une petite pièce de viande qui traînait sur l'étal. Et chaque jour son père brandissait le hachoir, faisant de grands moulinets qui fendaient l'air, en braillant à qui voulait l'entendre qu'il allait couper les couilles du voleur. Mais toujours sa fureur retombait au bout de quelques minutes. Soucieux sans doute de ne pas faire fuir la clientèle – qui bien au contraire se régalait du spectacle, petite scène sans cesse rejouée dans ce théâtre de viande –, il finissait par bougonner, et faisait mine de passer à autre chose. Il s'essuyait les mains sur son grand tablier, jetait une poignée de sciure sur le comptoir, puis une autre sur le sol, en signe de capitulation. Et c'est très tranquillement que chaque jour le voleur faisait semblant de voler, ressortant de la boutique avec sa saucisse. Ainsi allait la vie à la boucherie des amants…

Le boucher Juan, le père de Tom, était un homme trapu et rondouillard. Il accusait la quarantaine, comme on accuse la vie de passer trop vite. Mais à vrai dire lui donner un âge était difficile : tout passait dans sa corpulence, dans la force de ses bras, dans le rugissement de sa voix. Qu'il se fût agi du voleur qu'il souhaitait chasser, ou des clientes à qui il racontait une blague, toujours sa voix tonnait, faisant trembler la boutique. On lui voyait alors une bouche aux dents jaunes, et des joues marbrées dont la couperose dessinait de sinueuses géographies. Le boucher pour autant était-il laid ? C'eût été faire peu de cas de la beauté et de ses farces ; la beauté en effet nous joue bien souvent plus d'un tour, pour aller se cacher là où on ne l'attend pas, là où on ne l'attend plus. Juan ainsi n'était pas dénué de charme. Sa musculature puissante en imposait, au point que certains – et certaines, il faut bien l'avouer… – le surnommaient parfois « le colosse », par gentille moquerie ou par une sorte d'affection quelque peu fardée. En dépit de ses coups de gueule réguliers, les livraisons en retard ou le voleur habitué des lieux ne lui en donnant que trop souvent l'occasion, il savait s'attirer les grâces de ces dames par quelque sourire. Il avait toujours un mot gentil pour l'une ou l'autre, avait le souci du travail bien fait, et n'hésitait jamais à donner une douceur aux enfants qui accompagnaient leurs parents à la boucherie. Ceux-ci la méritaient bien d'ailleurs, cette douceur, tant il leur fallait se tortiller de longues minutes durant, sans autre motif à regarder que le carrelage des murs, tandis que les grands bavardaient et plaisantaient.

Le boucher Juan avait ses coquetteries. Ses ongles par exemple étaient toujours soignés. Oh bien sûr un peu de sang séché s'y collait parfois, après avoir découpé la viande. Mais il mettait un point d'honneur à avoir les mains propres et passait de longues minutes, entre deux clients, à méticuleusement se curer les ongles.

Mais sa fierté secrète, c'étaient ses cheveux. À l'âge où d'autres ont pour toute chevelure quelques fils de vieux crin s'ébattant sur un crâne presque nu, Juan arborait une belle toison bouclée. Coiffés en arrière, ses cheveux mi-longs retombaient sur sa nuque en mèches ondulées, qu'il s'appliquait régulièrement à enduire de gomina. Le gel lustrait sa chevelure d'un noir profond, qui se prolongeait sur le haut des joues en une paire de favoris taillés au millimètre, où pas un poil ne dépassait. Tout ce noir encadrait son visage avec élégance, et lorsqu'il se contemplait dans le petit miroir cassé de l'arrière-boutique, oubliant ses kilos superflus pour s'en remettre aux vertus d'un narcissisme viril, Juan se disait à voix haute :

– Ça va ! La viande est encore fraîche !

Le boucher se mouillait le sourcil du petit doigt, rajustait une mèche, et retournait à ses hachoirs.

CHAPITRE III

Où les femmes prennent une place bien méritée

L'enfant Tom puait le bouc. On l'eût reconnu à sa seule odeur, portée par le vent à plus de dix mètres. Il était grand temps d'aller se décrasser ! Le boucher Juan lui fit couler un bain, puis lui intima l'ordre d'aller faire sa toilette.

– Nan !

– Tu pues le cochon noir, mon fils ! Allez, dans le bain !

– Nan !

– Tu veux que je te coupe les oreilles en pointe avec mon grand couteau ?

Juan empoigna le gamin, lui enserrant le corps de ses bras musculeux. Il mima une âpre lutte durant quelques instants, arrachant de petits rires aigus à l'enfant. Puis il lui fit une grosse bise sonore, et le plongea dans le bain.

En raison de la mort de sa femme, Juan avait toujours dû s'occuper de la toilette de son fils.

L'enfant Tom n'avait jamais connu sa mère. Antonia Perez Roldán était venue de Bolivie à l'adolescence, suivant ses parents. Son père avait trouvé du travail à la mine de cuivre de Chuquiquamata, aux confins du désert de l'Atacama. Elle avait rencontré Juan alors qu'il n'était pas encore boucher. Il faisait à l'époque les marchés avec ses parents. La famille vendait un peu de tout : du tissu bariolé aux touristes, des bijoux clinquants aux indigènes, des fruits aux autochtones. Juan n'était pas tout à fait devenu « le colosse » : déjà solide comme un roc, il pouvait néanmoins se targuer d'avoir encore la taille fine. Si fine que celle d'Antonia Perez Roldán, qu'il rencontra sur un marché, culbuta sur un parking, et engrossa un soir de pleine lune. Le fol embryon de la jeune Bolivienne poussa vite, et provoqua un coup de tonnerre : ses parents rugirent, s'emportèrent. Elle fut chassée de la famille. Juan dut quitter les marchés ; il fallut s'inquiéter rapidement de trouver un métier plus sédentaire, plus rémunérateur surtout. Juan rêvait de devenir dompteur de fauves ; il devint boucher. Il ne dompta plus dès lors que des carcasses froides et dociles.

La grossesse d'Antonia Perez Roldán fut pénible : le bébé dans son ventre était grand et fort. Il cognait ses membranes depuis le dedans, faisant un vacarme du diable dans sa grotte de chair et d'eau. Antonia dut demeurer alitée de longs mois.

L'accouchement fut un supplice : l'enfant se présenta par le siège, la sage-femme – dont c'était le premier accouchement – paniqua et finit par tourner de l'œil. La beauté de la mise au monde se corroda progressivement, pour prendre des allures de boucherie. Cette pénible parturition semblait préfigurer l'équarrissage dont Juan par la suite connaîtrait mille déclinaisons.

On appela en renfort le chef clinicien, obstétricien de formation. La mère tomba dans le coma. Tout était emmêlé, poisseux, dangereux. Ça ne respirait plus guère là-dedans, il fallait faire vite. Le chirurgien tenta d'abord une épisiotomie. Las, rien ne vint. Au bout de longues heures, il se résolut à pratiquer une césarienne. L'enfant Tom, arrivé par le siège, avait les fesses très rouges et les yeux très noirs : il avait perdu la vue. On ne put sauver la mère.

Antonia Perez Roldán n'eut pas le loisir d'embrasser son fils. Elle n'eut pas non plus le temps de lui donner un prénom : Tomaseo fut choisi par Juan, en mémoire de ce dompteur de cirque italien qu'il avait vu gamin, et qui l'avait si fortement impressionné lorsqu'il avait mis sa tête dans la gueule des fauves. Tomaseo ! Le nom de son fils sonnait comme un claquement de fouet ! Juan était fier ; Juan était triste ; Juan était déchiré.

On ne lui avait pas connu de femme depuis. Il avait peu à peu apprivoisé sa solitude, veuf accablé tout d'abord, célibataire plutôt enjoué ensuite, souvent prompt à faire des œillades à ses clientes. Le souvenir d'Antonia Perez Roldán se résuma à une petite photographie en noir et blanc. Bordée d'un cadre argenté aux moulures rococo, celle-ci vieillissait seule sur le meuble de la salle de séjour.

L'enfant Tom n'avait donc jamais connu sa mère. Il n'en était pas attristé. Comment peut-on être triste de la mort de quelqu'un que l'on n'a pas connu ? Les larmes ne valent pas le moindre peso. Aussi le gamin était-il joyeux. Et la bonne joie d'être heureux, la bonne santé d'être en vie brillait comme une étincelle électrique, scintillait comme une assomption : on eût presque remercié les divinités païennes d'avoir missionné la fée Cécité pour bercer le nourrisson. L'enfant avait un cœur pur. Et il regardait la nuit.

Son père ne pouvait pas le garder avec lui toute la journée. Tom n'était à la boucherie que l'après-midi, après la sieste. Il traînait à la boutique aux côtés du boucher Juan, faisant des avions en papier ou fredonnant : il attendait que s'accomplisse l'immuable rituel du vol de saucisses, pour le seul plaisir d'entendre son père engueuler l'homme des quartiers pauvres. Une fois la scène terminée, il sortait pour flâner. Oh, il n'allait pas bien loin ! Souvent se contentait-il de trottiner jusqu'à la proche boutique du coiffeur, longeant les murs en caressant leur crépi de la main pour s'orienter. Ou bien poussait-il jusqu'au terrain vague, à peine éloigné de quelques nœuds de lacets. Il lui suffisait de compter les pas : à grandes enjambées il savait qu'il devait poser le pied au sol quatre-vingts fois ; des pas plus rapprochés l'obligeaient à compter jusqu'à cent. Lorsqu'il était un peu distrait, son calcul se faisait plus approximatif. Aussi lui arrivait-il d'avoir à effectuer plus de pas : mais il ne savait compter que jusqu'à cent. Il recommençait alors à zéro : il n'avait pas le temps d'arriver à douze que déjà il parvenait au terrain vague. Là, il pouvait s'ébattre en toute liberté, sans risquer de tomber ou de se faire écraser par une voiture. Bien sûr, quelques chiens égarés rôdaient parfois. Mais Tom n'avait pas peur : il lui suffisait d'étendre la main, puis de la poser sur la tête des animaux, pour que ceux-ci cessassent de grogner. Tom faisait l'avion.

Il ne fréquentait pas les autres gamins du quartier. Non qu'ils eussent été méchants : ils se moquaient peu de lui, les gens étaient d'ordinaire plutôt affables à son endroit. Mais il ne pouvait pas jouer à la balle avec eux. Et c'était tout ce qui les intéressait. Son regard d'encre lui avait appris à s'amuser seul.

Tom allait à l'école le matin. Pour un enfant aux yeux de cendre, il faut une école spéciale. Et à école spéciale, institutrice spéciale. Dolores était celle-ci.

Dolores de la Peña était originaire de Potrerillos. Elle avait d'abord travaillé à l'orphelinat aux côtés des bonnes sœurs puis, quelque peu étouffée par l'étroite mentalité du lieu, s'était orientée vers cette institution spécialisée. Institution est un bien grand mot : il s'agissait plutôt d'une classe spécifique, aménagée au sein même de l'école et réservée aux enfants frappés d'un handicap. Le groupe comptait à peine une dizaine d'enfants, car il fallait à Dolores beaucoup d'attention pour se consacrer pleinement à chacun.

Tom était son préféré. L'espièglerie du gamin l'attendrissait. Elle le prenait à part certains dimanches, pour lui faire la lecture. Ces séances étaient prétextes à digressions : elle bavardait longuement avec l'enfant. Il lui parlait des chiens du terrain vague, du voleur de saucisses. Et surtout il lui parlait de son père, le boucher Juan.

Dolores vivait seule. C'était une femme jeune, dans le plein épanouissement de sa trentaine. Elle portait de longs cheveux bruns, avait des yeux d'un vert profond. Était-elle belle ? Elle avait de grosses fesses, de ces fesses que les hommes aiment à effleurer lorsqu'ils dansent, ou pétrir à pleines mains lorsqu'ils font l'amour. Elle dissimulait ses formes généreuses sous d'amples robes en coton. Elle avait une légère claudication. Non pas un réel boitement, consécutif à quelque accident ; simplement elle n'avait jamais appris à avancer droit. Elle marchait en canard.

Dolores était patiente et très douce. Lorsqu'elle était concentrée, sa mine était un peu grave ; il lui suffisait alors d'un large sourire pour illuminer tout son visage.

C'était une femme de tête, au caractère bien trempé. Jamais on ne lui eût imposé ce qu'elle estimait n'avoir pas à faire. Une fermeté d'opinion, la plus résolue des droitures étaient chez elle les compléments de sa douceur. Dolores savait ce qu'elle voulait. Elle savait par exemple qu'elle voulait tomber amoureuse. Elle savait qu'elle voulait sentir la chaleur d'un homme contre elle, tout contre son corps. Et ça arrangeait bien le gamin.

Car Tom avait un secret.

CHAPITRE IV

Ceci n'est pas une pipe

– Oh, Chico ! Tu me les coupes ces cheveux, oui ou merde ?!

– Ça vient, ça vient… C'est pas la peine de se presser, avec une chaleur pareille.

Le coiffeur Chico n'était pas seulement coiffeur, il était aussi l'ami de Juan. Les deux hommes avaient pour habitude de se retrouver pour parler de choses sérieuses, de ces choses que l'on ne peut aborder à voix haute en pleine rue.

Sa boutique ne jouxtait pas à proprement parler celle du boucher, mais formait un angle arrondi à l'intersection de deux rues, l'amorce de l'une d'elles donnant sur la boucherie. L'officine du coiffeur était exiguë : un grand fauteuil défraîchi ne permettait d'accueillir qu'une personne à la fois. Deux ou trois chaises aux pieds vermoulus traînaient au fond de la boutique, attendant d'hypothétiques clients.

Il faut dire qu'on ne se pressait pas pour aller se faire couper les cheveux chez lui : sa boutique sentait le rance, le sol mal balayé était constamment jonché de cheveux. Chico était un coiffeur vieillissant qui n'avait pas su s'adapter, et avait oublié de prendre en route le train de la modernité : il continuait de couper les cheveux à sec, ne faisant le shampoing qu'après la coupe, ou omettant purement et simplement cette étape. Il utilisait depuis des années la même paire de ciseaux, où quelques points de rouille commençaient de picoter les lames.

Il y avait belle lurette qu'il ne faisait plus la barbe aux messieurs, les rasoirs jetables ayant rendu obsolète cette noble discipline. Les femmes préféraient confier leurs boucles à des mains plus expertes, plus soigneuses surtout, dans le beau salon de coiffure du concurrent. Et comme elles emmenaient avec elles leurs enfants, seuls quelques habitués – mâles et vieux pour la plupart – continuaient de fréquenter l'aride boutique de Chico. Celui-ci de plus ne se séparait jamais de sa pipe, qu'il avait à la bouche matin et soir, fumaillant pendant qu'il coupait les cheveux de ses clients, recrachant d'âcres bouffées entre chaque coup de ciseaux.

Le papier peint était fatigué. Deux petits tableaux tentaient d'égayer les murs ; c'étaient des tapisseries en laine, faites au crochet, qui venaient d'Europe. Elles figuraient des oiseaux, qui eux aussi prenaient un air fatigué : les couleurs avaient sans doute été vives jadis, mais elles étaient désormais complètement passées, jaunies par les années et la fumée de pipe du maître des lieux.

Derrière l'apparente lassitude du vieil homme se cachait néanmoins un solide tempérament, forgé dans le fer d'une jeunesse âpre et bourlingueuse. Chico avant d'être coiffeur avait eu mille vies. Ou plus exactement il n'en avait eu qu'une, mais qui en valait mille : il avait servi dans la marine. Et que le prétexte fût militaire ne changeait rien à l'affaire ; Chico par le passé avait fait le tour du monde. Il avait vu des palais somptueux, des bouges sordides. S'était saoulé avec des culs-de-jatte, des ventriloques. S'était battu avec des géants aux poings d'acier. Ses bateaux avaient appareillé dans tous les ports de toutes les mers, de Valparaiso à Seattle, de Marseille à Shanghai. Oui, il était allé jusqu'en Chine, y était même tombé follement amoureux d'une charmante Li Yu aux yeux de jade. La jolie Chinoise avait été le grand amour de sa jeunesse. Paradoxe, pour ce marin qui avait eu, selon le cliché, une femme dans chaque port, qui avait joyeusement culbuté toutes les petites vulves de la planète (et même les fesses d'un travelo, Chico s'amusait de cet involontaire exploit lorsqu'il avait un coup dans le nez), Chico donc, le marin bourlingueur, l'homme aux mille vies et aux mille femmes, n'avait jamais pu goûter la chose avec son seul véritable amour, la fragile Li Yu, qui avait l'utérus de traviole. Jamais il n'avait pu la pénétrer, c'était là l'un des grands regrets de sa vie... C'était sur les bateaux également qu'il avait fait ses gammes dans la coiffure : régnant sur le crâne de ses condisciples, ses premières coupes de cheveux s'étaient longtemps résumées à une tonte réglementaire. Puis Chico était revenu en ville ; avec le pécule amassé durant ses années d'armée, il avait acheté le petit salon.

Maintenant tout cela était bien loin. Voilà trente ans que Chico était coiffeur, unique résident de son étroite boutique étoilée de poussière. De sa vie de marin ne lui restaient qu'une nostalgie pour les longs voyages et une ancre verte tatouée sur l'avant-bras. Un peu bougon, quoique toujours digne dans son absolue fainéantise, ses plaisirs désormais étaient sa pipe et sa petite radio. Ainsi que les facéties de l'enfant Tom, qu'il avait pris sous son aile : le gamin passait presque plus de temps dans sa boutique que dans celle de son père. Si les deux hommes avaient pour habitude de se brocarder, le boucher Juan néanmoins savait pouvoir compter sur son indéfectible amitié.

Le transistor crachouillait un air de tango. Juan prit place dans le grand fauteuil. Chico fit jouer les ciseaux deux ou trois fois en tirant sur sa pipe, ça faisait un petit clac-clac dans l'air.

– Fais gaffe Chico ! Tu me rafraîchis juste un peu : tu désépaissis le dessus, tu raccourcis derrière, mais tu ne touches pas aux pattes ! Et je me débrouillerai pour le shampoing…

– Ça va colosse, je connais mon métier ! J'ai taillé la barbiche à tous les gens du quartier. Tu ne vas quand même pas m'apprendre à couper les cheveux, ça fait trente ans que je suis là.

– Ben justement, mon gars, trente ans de coupe-coupe, ça commence à faire tremblo-ter les mains…

– Dis, on se voit ce soir ?

– Ouais, José et Antonio doivent passer vers minuit. T'as qu'à venir. Tu sais par où rentrer, tu fais comme d'habitude.

La chaleur était oppressante, l'air chargé d'humidité. La conversation se fit plus molle, les échanges entre les deux hommes plus rares. Chico donnait quelques coups de ciseaux paresseux, et semblait presque som-noler.

– Tu trouves pas qu'il y a une odeur bizarre ?

Le coiffeur ne releva pas.

– Comme une odeur de brûlé ? Mais, mais… Espèce d'oiseau ! Tu me crames les cheveux avec les cendres de ta pipe !

CHAPITRE V

Où l'on remercie le président d'être président

Aux environs de minuit, un étrange ballet se faisait à la boucherie : des hommes arrivaient, toujours d'un pas pressé, le plus souvent avec un foulard, ou le col remonté pour masquer en partie leur visage. Ils n'étaient jamais plus d'une demi-douzaine, arrivaient un par un ; dans un ordre précis, à intervalles réguliers. Ils accédaient à la boucherie par une porte dérobée, enfilée dans la partie de la rue qui ne donnait pas sur la boutique. Cette chorégraphie silencieuse était un peu ritualisée, cela faisait partie du charme.

Une fois à l'intérieur, les hommes se retrouvaient autour d'une large table ovale disposée dans l'arrière-boutique. Les rideaux métalliques étaient baissés, les portes fermées. L'enfant Tom dormait à l'étage.

Le film de ces retrouvailles était comme un documentaire en 8 millimètres, la pellicule zébrée faisant régulièrement sauter l'image. L'obscure annexe prenait une allure floue de Bureau révolutionnaire :

– Mes amis, ça ne peut plus durer !

Le boucher Juan était toujours le premier à prendre la parole.

– Allons-nous laisser encore longtemps les choses en l'état ? Allons-nous laisser encore longtemps le Président et sa junte dépouiller le pays, massacrer les opposants, terroriser nos familles ?

– Non, ça ne peut plus durer ! fit l'un.

– Y'en a marre ! fit un deuxième.

– Pays de merde ! s'emporta un troisième.

– Chut ! fit Juan. Parle moins fort. Tu veux te faire arracher les dents par les miliciens ? !

Chico bourra sa pipe. S'il n'était pas un excellent coiffeur, il était en revanche plein de bon sens, et de cette petite assemblée le plus expérimenté :

– Dites-moi les amis : qu'est-ce que vous voulez faire au juste ?

– Organiser la Révolution !

– Fomenter le complot final !

– Et mes fesses, elles sentent le complot ? reprit Chico. Cessez donc de dire des conneries : vous savez comme moi que nos moyens sont limités. Nous n'avons que nos cerveaux pour penser, notre intelligence pour contester, et notre prudence pour fermer nos gueules.

Les hommes se regardèrent gravement, mesurant la sagesse du coiffeur. Il n'était pas question bien sûr de mettre le pays à feu et à sang. D'ailleurs, comment eussent-ils pu le faire ? Ils n'étaient que quatre, six parfois ; c'était un peu court pour faire la Révolution…

Le boucher Juan suggéra :

– On pourrait peut-être faire des affiches, qui dénonceraient ouvertement le régime ? Et on les collerait partout en ville, signant ainsi notre contestation ?

– Et ça aurait le mérite d'éveiller les consciences, fit l'un.

– Ça attirerait forcément l'attention, reprit un autre. Ça obligerait les gens à ouvrir les yeux, ça leur montrerait que certains ont des couilles !

– Et même muets, les gens seraient solidaires, poursuivit un des gars. Ça c'est du concret !

– Mais qui va coller les affiches ? demanda Juan. C'est quand même risqué...

– Pas trop vite, l'interrompit Chico. À chaque jour suffit sa peine ; pas plus d'une bonne idée à la fois... Il faut savoir prendre son temps : commence donc plutôt par nous servir un verre de *fuego.*

Et débuta alors un autre de leurs rituels, qui consistait à s'enquiller des verres de feu, cette eau de vie qu'on ne trouve qu'à Arica, jusqu'au bout de la nuit. Juan servit une tournée à l'entière tablée dans de petits verres en terre cuite, que lui avait offerts un jour le potier José. Cette première tournée fut bue cul sec, sans même trinquer, uniquement dans le but de se préparer un peu le gosier, les hommes effectuant un dernier tour de chauffe avant de faire claquer la langue. Une deuxième suivit aussitôt, et aussitôt elle fut sifflée comme la première.

L'arrière-boutique, comme à chacune de leurs rencontres, se transforma peu à peu en tripot. On sortit les cartes, que battait d'une main experte le coiffeur Chico. On brancha le petit transistor, calé sur un programme musical – mais pas trop fort, pour ne pas réveiller le gamin. À la lourde chaleur du dehors s'ajoutait maintenant celle des corps s'échauffant dans la salle étroite, chaque verre de feu les mordant un peu plus de sa brûlure. Les yeux brillaient. Les regards se croisaient, intenses ou amusés. L'ivresse fredonnait comme la dernière, la plus discrète des libertés. Et la Révolution se faisait doucement, à coups d'as de pique et de mélodies balbutiées.

L'orage cherchait à éclater depuis un moment. L'humidité devenait poisseuse, collait les chemises à la peau. On eût voulu crever les nuages, et que le ciel dégorgeât enfin ses grandes eaux. Le vent se mit à souffler fort au-dehors, faisant trembler le volet de la boutique. Il allait falloir déguerpir vite fait, si l'on ne voulait pas rentrer sous la pluie battante. On entendit le tonnerre craquer, puis les premières gouttes, déjà violentes, fouetter le métal. C'était le signe qu'attendaient les hommes pour se séparer.

– Allez, un dernier pour la route ! siffla Juan. Mais cette fois-ci, trinquons !

Les hommes se redressèrent, et formèrent un demi-cercle. Le mot « verticalité » ne faisait plus partie de leur vocabulaire. Chico restait très digne ; le potier José titubait, peinant à garder l'équilibre. Après avoir rempli les verres, Juan leva bien haut le sien :

– À notre Président de merde !

– Merci Président ! reprirent-ils tous en chœur.

Ainsi allait la vie à la boucherie des amants…

Au petit matin, l'enfant Tom fut le premier réveillé. Son père était encore enfoncé dans un sommeil lourd, ronflant comme un révolutionnaire bienheureux.

Il avait plu toute la nuit, et ça continuait de tomber dru. S'abattait un véritable rideau de pluie, qui empêchait toute visibilité à plus d'un mètre. Tous les dieux du ciel et de la terre semblaient s'être unis pour noyer la ville.

Mais l'enfant regardait la nuit ; Tom adorait la pluie. Il sortit de la boucherie et se mit à gambader comme un fou. Là où d'autres se seraient perdus, comme égarés par ce labyrinthe de gouttes furieuses, lui savait d'instinct s'orienter, déjouant les pièges de notre bon orage chilien.

Et à voir ainsi le gamin danser sous l'eau belle, faisant du déluge une joie de marelle, on eût dit que la pluie lavait tous les méfaits des hommes.

CHAPITRE VI

Où vole une libellule

Tom avait donc un secret. Oh, ce n'était pas un formidable secret, un de ces grands mystères insondables et fabuleux qui font tourner les têtes et changent la face du monde. L'enfant ne disposait d'aucun pouvoir magique. Il n'avait aucune influence sur les éléments, l'eau, la terre, le feu, pas plus qu'il ne savait s'élever dans les airs ou changer le plomb en or. Non, il s'agissait d'une toute petite bricole, presque une astuce en somme, une de ces martingales qui font rêver les gamins et dans le cœur leur dessinent un avenir un peu meilleur.

Tom avait constaté qu'il lui suffisait de vouloir une chose, mais de la vouloir vraiment, très très fort, plus que tout au monde, pour qu'elle advînt ou lui fût offerte. Par exemple, un après-midi qu'il jouait dans le terrain vague, il avait été frappé d'un soudain sentiment de solitude. Si d'ordinaire l'absence de compagnon ne l'incommodait pas, il s'était senti ce jour-là très triste. Aussi avait-il souhaité à cet instant une présence à ses côtés, aussi modeste fût-elle. Il avait voulu sentir le chatouillis d'un insecte sur sa jambe, un insecte docile et complice qui aurait su l'écouter. Alors Tom avait fermé ses yeux de nuit, serrant les paupières, s'était concentré sur le seul bruit du vent, et avait pensé très très fort, plus que tout au monde, à un petit insecte. Quelques instants plus tard, hop, une libellule s'était posée sur sa cuisse...

Une autre fois qu'il était chez Chico, il avait entendu le coiffeur pester contre sa vieille radio qui venait de rendre l'âme. Une bordée de jurons avait accompagné le dernier grésillement de l'appareil, ultime trésor de Chico. Tom savait que son vieux compagnon n'avait pas les moyens de s'offrir un téléviseur. Avec le dernier souffle de la petite radio, c'était un peu de la joie de la boutique qui venait de s'envoler... N'y aurait-il donc plus de mélodies chaloupées pour faire danser Chico, plus de commentateurs sportifs déchaînés pour chroniquer les matchs de foot ? Tom ce jour-là s'était isolé. Il avait son secret, voulait absolument faire plaisir à son ami. Il avait fermé ses yeux de nuit, s'était concentré sur le bruit du vent, et avait pensé très très fort, plus que tout au monde, à une radio. Et le lendemain, hop, Chico avait une nouvelle radio…

Tom avait quelquefois tenté l'opération avec de petits vœux futiles, sans y accorder une grande concentration. Mais cela avait échoué à chaque fois. Il fallait donc être parcimonieux, l'enfant l'avait compris, et souhaiter la chose avec la plus grande des ardeurs. Sans doute étaient-ce là les prémices de la sagesse : Tom de lui-même s'efforça de résister à ses caprices.

Aussi l'enfant gardait-il son secret bien au chaud, comme un petit bout de chiffon que l'on tortille et conserve au creux de la main. Il avait pris son temps, soigneusement pris son temps, pour bien réfléchir à ce qu'il voulait le plus au monde. Il y avait pensé et repensé, sans jamais rien en dire à personne, et était désormais sûr de lui, sûr de son choix, sûr de son secret. Tom attendit le bon moment, puis s'assit en croisant les jambes. Il ferma ses yeux de nuit, se concentra sur le bruit du vent, et pensa très très fort, plus que tout au monde, à une maman…

CHAPITRE VII

Où l'on danse au paradis

Dolores passait de plus en plus souvent à la boucherie. La plupart du temps, elle se contentait d'acheter une bricole, le motif de sa venue n'étant que rarement alimentaire. Le boucher Juan s'en était bien aperçu d'ailleurs, qui lui faisait gentiment la cour. Il avait toujours pour elle une petite attention, lui distribuait de larges sourires et, choisissant la viande, invariablement lui servait ses meilleurs morceaux. De retour chez elle, une fois à table, l'institutrice s'en délectait : la viande fondait doucement dans sa bouche.

Dolores, quand elle rêvassait, s'étonnait de ce rapprochement qui peu à peu semblait s'opérer vis-à-vis du boucher Juan. Certes, l'homme avait du charme : une belle carrure, des cheveux d'un noir profond, un sourire qui eût électrisé la plus endormie des rombières. Mais le boucher était rustaud également, mal dégrossi à ses heures. Non qu'il lui parût fruste, mais il était indéniable qu'il manquait un peu de lyrisme à ses yeux. Ce lyrisme qu'elle trouvait dans les livres, dans les belles pages qui la nourrissaient. Dolores s'enivrait de poésie et vouait, plus encore qu'à Pablo Neruda, une véritable passion à ces ouvrages venus d'Europe dont on trouvait difficilement les traductions à Arica ou Tocopilla. En tout premier lieu goûtait-elle la poésie de cette femme russe du début du siècle, Marina Tsvétaïeva, qui mieux que quiconque avait su chanter l'amour. L'institutrice, quand elle faisait la lecture à l'enfant Tom, se débrouillait toujours pour glisser quelques lignes de la poétesse : « Embrasser sur le front efface les soucis ; j'embrasse sur le front. Embrasser sur les yeux supprime l'insomnie ; j'embrasse sur les yeux. Embrasser sur la bouche donne à boire ; j'embrasse sur la bouche… » Et surtout, elle s'était toujours dit qu'elle aimerait un jour comme on aime dans les poèmes, et que l'heureux élu serait aussi amoureux d'elle que des livres. Mais le boucher ne lisait pas. Pourtant Juan la troublait ; les contraires ne s'attirent-ils pas ? Bon, Dolores ne savait plus, préférait laisser doucement les choses venir à elle… L'enfant Tom, lui, savait : il avait son secret.

Comme chaque année, la grande fête de carnaval se préparait, l'un des rares événements à échapper au couvre-feu. Les femmes ressortaient leur plus belle robe, les hommes leur costume de mariage. Les enfants peaufinaient leur déguisement. Le bal comme chaque fois serait donné au *Paradis*. Pilotée en sous-main par la milice, cette grande salle de la ville, dancing miteux réservé d'ordinaire aux prostituées et aux indigènes alcooliques, se parait pour l'occasion de ses plus beaux atours : on y disposait des lampions et des banderoles aux couleurs chatoyantes ; on remplaçait la boule à facettes par une source de lumière vive ; on faisait le grand nettoyage annuel. Et surtout, on planquait les poufs tachés de sperme.

Tom avait demandé à son père :

– Dis, on ira au *Paradis*, pour le bal ?

Et son père avait dit oui.

Puis il avait demandé à Dolores :

– Dis, tu viendras au *Paradis*, pour le bal ?

Et l'institutrice avait dit oui.

La fête battait son plein. Le *Paradis* scintillait. Le patron se frottait les mains : le bar ne désemplissait pas. Les mineurs de cuivre aux muscles fatigués avaient commencé de se torcher à la plus sévère des gnôles. Les verres de feu défilaient. Les prétendants aux conquêtes amoureuses leur préféraient un alcool plus doux : ils buvaient de la *Frontera.* Les enfants aspiraient avec leur paille un sirop douteux à base de cola. Contrairement aux années précédentes, l'orchestre local ne s'était pas déplacé ; la chanteuse avait la colique. Quant au trompettiste, il avait perdu la veille toutes ses dents pour une obscure histoire de dette non remboursée, encaissant pour l'occasion un formidable coup de boule. Difficile en pareille circonstance de souffler dans une trompette. Il avait donc fallu parer au plus pressé : n'ayant pas eu le temps d'installer platines et enceintes, on s'était résolu à ressortir le jukebox. Celui-ci, en dépit d'un son quelque peu nasillard, présentait l'avantage d'offrir près de deux cents sélections. Encore fallait-il n'être point trop regardant sur la fraîcheur des titres programmés : la plupart étaient de vieux tubes des années cinquante. Eh bien fi des musiques locales, on dansa au son de Bill Haley ! *Rock Around the Clock* se tailla la part du lion : l'air endiablé du chanteur et de ses Comets fut sélectionné pas moins d'une trentaine de fois.

Encouragé par les exhortations incessantes de Tom, le boucher finit par inviter Dolores à danser. Un peu timide dans un premier temps, il en vint vite à s'enhardir : les danses devinrent fougueuses, cependant qu'il lui faisait une cour pressante. L'enfant Tom riait.

– Vous dansez rudement bien, pour un boucher habitué aux crochets…

– C'est que j'ai la plus belle des partenaires… Vos lèvres sont douces comme un cœur d'agneau : on en mangerait ! « Jésus Marie Joseph ! » pensa Dolores. « Il me courtise, il me caresse, il me dit que je suis belle… mais… a-t-on déjà vu un boucher poète ?… ses déclarations ne valent pas un pet de mouche… où sont Neruda, Tsvétaïeva ?… et pourquoi ma bouche est-elle sèche ?… pourquoi mon cœur bat-il la chamade ?… pourquoi ce feu entre mes jambes ?... pourquoi je... mais... je... » Juan lui pressa doucement le bras, l'attira vers lui. Les amoureux se retirèrent un peu dans l'ombre ; ils s'embrassèrent. Juan lui mordilla l'oreille. Tom était heureux.

En fin de soirée, la fête s'essoufflait. La plupart des mères étaient rentrées coucher leurs enfants. Les hommes étaient ivres, d'avoir trop bu ou trop dansé. Deux mineurs saouls comme des cochons se battaient. L'un était gros et chauve. L'autre était sec comme un pied de vigne, torse nu. Ils n'avaient même plus la force d'armer leurs coups, bougeant comme au ralenti. Ils s'enlaçaient dans un pugilat qui se voulait violent, mais ne les faisait que tituber un peu plus. Leur lutte molle ressemblait au slow de deux amants fatigués.

Chico avait ramené Tom un peu plus tôt dans la soirée ; cette nuit, le gamin dormirait chez lui. Et comme c'était jour de fête, ils s'étaient offert le luxe d'une course en taxi : le chauffeur Paco les avait déposés devant la boutique du coiffeur.

Le juke-box s'arrêta. On commença de balayer le sol. Le *Paradis* bâillait, allait bientôt fermer ses portes.

L'institutrice et le boucher décidèrent de rentrer à pied. La jeune femme à cet instant ne s'étonnait plus de ce béguin. Peut-être l'amour naissait-il de cette sorte de rencontre ? Un peu grisée, glissant de son joli pas de canard au bras de Juan, elle se récitait mentalement un vers de la poétesse russe : « Je soutiens le plus absolu des baisers. »

Bras dessus bras dessous, s'enlaçant amoureusement, Juan et Dolores rentrèrent à la boucherie. C'est là qu'ils firent l'amour pour la première fois. Ce fut loin d'être la dernière.

CHAPITRE VIII

Où les amants se font de petites morsures

Dolores ne s'installa pas chez Juan. Fière de son autonomie, elle tenait fermement à garder son petit appartement.

– Si ton amour pour moi fond comme neige au soleil, j'irai danser au *Paradis.* Et s'il devient neige éternelle, alors… alors nous verrons bien !

Il n'avait pas fallu plus d'une danse et d'une nuit de carnaval à Juan pour tomber amoureux fou de l'institutrice. Il sifflotait à la boucherie, faisait des « Oh ! » et des « Ah ! » bruyants en coupant la viande. Il redoublait de gentillesse avec les vieilles. Taillait des tranches plus généreuses à ses clients. Et ne manquait pas d'offrir des bonbons aux gamins qui tortillaient du cul en s'emmerdant dans la boutique. Seul le voleur de saucisses s'y entendait pour réveiller son courroux.

Le boucher Juan passa de plus en plus de temps à faire sa toilette. Il se tailla les poils du nez et des oreilles, se rasa plus soigneusement. Il brossait ses dents avec application, devant, derrière, au fond, dans les coins. Le soir avant de se coucher, il faisait des abdominaux, effectuait plusieurs séries de pompes, suivies d'exercices savants qui étaient censés lui faire perdre son ventre. Il enfilait ensuite son caleçon, buvait un grand verre d'eau. Avant d'éteindre la lumière, il embrassait la petite croix en or qu'il portait autour du cou. Puis il s'endormait, en pensant à la belle institutrice.

Dolores passait tous les matins à la boucherie, juste avant d'aller à l'école. La boutique n'était pas encore ouverte que déjà Juan l'attendait, le cheveu fraîchement gominé. Il préparait un café très serré, qu'ils buvaient en bavardant quelques minutes. Alors l'enfant Tom déboulait, mèches en bataille. Son père boutonnait sa chemise, lui tirait l'oreille gentiment.

– Tu seras bien sage avec Dolores, d'accord ?

– Oui Papa !

L'institutrice prenait toujours un instant avant le départ ; elle caressait doucement la joue glabre du boucher, puis tendait sa main en la retournant : Juan y déposait un baiser. Enfin Dolores emmenait Tom à l'école.

Certains soirs, les amoureux se retrouvaient, chez l'un ou chez l'autre, après que le boucher eut couché l'enfant Tom. Juan buvait quelques verres de feu, sans parvenir à convaincre Dolores d'y goûter. La jeune femme préférait l'eau fraîche. La chaleur leur servait toujours d'excuse pour se déshabiller. L'institutrice faisait une moue gourmande, arrondissant les lèvres comme elle l'avait vu faire au cinéma par les actrices d'Hollywood. Juan faisait glisser les bretelles de son caraco avec ses doigts de boucher, puis l'accompagnait jusqu'au lit. La jeune femme l'accueillait. Juan plongeait dans les parfums de Dolores, la respirait toute : l'odeur de ses cheveux, de sa peau l'enivrait. Il l'effleurait doucement, glissait jusqu'à sa bouche. Les amants s'embrassaient, se faisaient de petites morsures. Dolores caressait la nuque du boucher, le décoiffait. Au creux de son oreille, elle entendait son souffle. Qu'arrachaient-ils aux ténèbres en mélangeant leurs salives, en échangeant de longs regards ? Leurs yeux brillaient. Quand ils se donnaient l'un à l'autre, le monde basculait. Juan et Dolores avaient le cœur pur.

CHAPITRE IX

Où Dolores apprend à coller des affiches

Les nuages traversaient le ciel. Ce n'étaient pas des nuages de roman, balayant l'azur avec de belles formules. Non, c'étaient des nuages bien cons, bien tranquilles. Tranquilles au point de laisser passer un rai de lumière, qui descendait droit sur la ville et atterrissait directement dans la boucherie des amants.

Juan et Dolores flirtaient dans l'arrière-boutique. Le boucher caressait les hanches de l'institutrice, et lui faisait de petits suçons dans le cou. Il aspirait doucement, retirant ses lèvres au dernier instant, afin que ne fût point marqué l'épiderme. Il ne souhaitait pas bleuir cette belle peau caramel.

– Dolores, si je te dis quelque chose de très, très important, tu sauras garder le secret ?

– Tu me prends pour une langue de vipère ?

Juan se racla un peu la gorge, toussota. Il tourna sept fois la langue dans sa bouche, puis il se lança. Il lui indiqua la porte dérobée, l'étroit corridor qui menait de la boutique de Chico à la sienne. Il lui raconta les soirées, les discussions animées. Il n'omit ni les verres de feu, ni les parties de cartes. Il évoqua les affiches, la Révolution.

– Je vais te les coller, tes affiches.

– Quoi ?!

– Ben oui, nigaud. C'est tout ce que je peux faire. Ce sera ma manière à moi de t'aimer, et d'aimer mon pays.

– Il faudrait d'abord en parler aux gars…

– Qu'à cela ne tienne !

Et rendez-vous fut pris pour le jour même.

Le grand soir arriva. Juan était un peu fébrile. Leur petite congrégation ne s'était jusqu'ici frottée qu'aux complicités viriles. Ses amis bien sûr connaissaient sa liaison avec Dolores. Mais il n'était pas sûr qu'une femme fût la bienvenue dans cette assemblée masculine.

Dolores arriva la première. Elle avait fait bien attention de n'être pas suivie. Aux côtés de son boucher, elle accueillit les hommes un par un, leur servant un verre de feu à mesure qu'ils s'installaient. Aucun ne s'étonna de sa présence. Aucun ne protesta, ne fit la moindre allusion. C'était comme si elle avait participé de tout temps à leurs réunions. Comme si sa douce fermeté eût pleinement légitimé son rôle.

Le potier José s'était chargé des affiches. Un imprimeur de sa connaissance les lui avait réalisées après ses heures de travail, pour rien. José lui avait offert une caisse de *Frontera* en gage d'amitié et de remerciement.

Aux cheveux qui nageaient à la surface du seau de colle, se mêlant aux grumeaux, on comprenait que c'était le coiffeur Chico qui l'avait préparé. Antonio avait amené une brosse à poils longs.

Le message que portaient les affiches était direct. Les hommes en avaient au préalable longuement débattu, verres de feu à l'appui. Ils avaient envisagé mille slogans, plus chargés les uns que les autres ; puis, dans un souci d'efficacité, s'en étaient remis aux vertus de la simplicité. Les affiches reproduisaient en les agrandissant les portraits noir et blanc des contestataires disparus. Ces opposants au régime, parfois inconnus, avaient leur nom sous leur photo. L'ensemble était sobrement surmonté de deux lettres noires, en majuscules et caractères gras : **NO**. Et c'était tout.

Le ton résolu de Dolores ne convainquit les hommes qu'à moitié. Non qu'ils vinssent à douter de son aptitude à coller les affiches ; mais un semblant de compassion pour la gent féminine les renforçait dans l'idée que c'était tout de même risqué. Il fut décidé que Juan accompagnerait l'institutrice.

Les amants crapahutaient dans la nuit. Il fallait les voir avec leur bizarre attirail ! Juan, qui tenait des affiches roulées sous le bras, en portait d'autres sur son épaule, ouvertes et prêtes à être encollées. Un peu voûté, il ressemblait à un gros scarabée. L'institutrice portait le seau de colle, qui était un peu trop lourd pour elle. La colle avait dégouliné sur ses doigts, et le long de sa jupe. Elle n'avait pas eu la présence d'esprit de mettre un pantalon.

Dolores prenait son rôle très au sérieux. Pas le moindre petit rire, fût-il de nervosité. La fantaisie n'était pas de mise.

Les amants souhaitaient couvrir tous les murs de la ville. Mais au bout de deux heures, ils n'avaient fait que les trois rues de leur quartier. Il ne leur restait qu'une poignée d'affiches. Le seau de colle, bien qu'allégé, pesait encore lourd au bras de Dolores. Juan avait mal au dos. Il fallut s'en remettre à l'évidence : envelopper la ville d'une papillote contestataire serait pour une autre fois. Les amants se résolurent à rentrer. Fatigués, relâchant un peu leur vigilance, ils ne virent pas qu'un homme les observait depuis de longues minutes. Son œil enregistrait tout, tel un Instamatic : photos mentales en rafales sur les visages des deux amants. Sur la peau caramel de Dolores. Sur la couperose de Juan.

La bruyante circulation du jour avait laissé place au silence d'une nuit d'encre. On entendait seulement de temps à autre la sirène lointaine d'une ambulance. Puis, plus près, au moment même où les amants atteignaient la boucherie, il y eut un bruit violent de métal frotté. Ils sursautèrent. C'étaient des chiens errants qui fouillaient les poubelles.

Juan et Dolores s'engouffrèrent dans la boutique. Ils se débarrassèrent rapidement de leur attirail, firent disparaître la brosse, la colle.

Ils se couchèrent sans un mot, s'endormirent comme des masses. Juan ronflait. Dehors, parmi les détritus, les chiens grognaient.

CHAPITRE X

Où les papiers s'envolent

– Dis, Chico, il vole bien mon avion ?

L'avion en papier qu'avait confectionné Tom venait de faire un lamentable plouf. À peine lancé par l'enfant, le petit projectile avait directement piqué du nez vers le sol. Par chance, il n'avait fait aucun bruit en tombant.

– Oui gamin, il vole drôlement bien. D'ailleurs il vient de faire un grand tourniquet dans toute la boutique.

L'enfant Tom passait souvent chez le coiffeur. Comme le salon de celui-ci n'était qu'à deux pas, et que Chico n'était pas franchement débordé par les clients, le garçonnet avait tout le loisir de s'y prélasser. Il préférait rester là, dans l'odeur du tabac de pipe, à écouter la retransmission radiophonique des matchs de foot, plutôt que de traîner dans les pattes de son père. Il s'asseyait sur une des chaises fatiguées du fond de la boutique, et pouvait passer des heures à confectionner des avions en papier.

C'est Dolores qui le lui avait appris. Elle lui avait enseigné l'art de se concentrer sur ses gestes, afin qu'il pût grâce à quelques faciles manipulations réaliser de beaux planeurs. Il fallait assouplir le tranchant du papier ; y faire plusieurs plis, en mémorisant l'écart entre chacun d'eux, puis passer le doigt sur leurs arêtes afin d'en mesurer l'ordonnancement. Tom s'appliquait, en tirant la langue. Il comptait mentalement les plis, dans un silence que ne troublaient qu'à peine les pales du ventilateur essoufflé qui tournait au plafond. La radio murmurait sa mélodie de passes et de dribbles, jusqu'à ce qu'un vibrionnant « Gooooaaaaal ! » vînt à faire danser Chico. Le coiffeur effectuait alors un petit pas de claquettes, dont le bruit faisait rire l'enfant, si c'était son équipe favorite qui venait de marquer. Dans le cas contraire, il sortait mollement de sa torpeur, et lâchait un « Merde !... » un peu paresseux.

Armé de son Boeing 747 de huit centimètres, Tom alla fureter sur le sol caillouteux du terrain vague. Un de ses jeux préférés consistait à lancer l'avion juste devant lui, à toute force. Il tendait ensuite l'oreille pour tenter de localiser le lieu de l'atterrissage. Tout l'enjeu résidait dans le fait de parvenir à s'orienter par rapport au son qu'avait fait l'avion de papier en tombant. De surcroît, la difficulté de l'exercice était accrue par les bruits de la ville, et l'incessante circulation des automobiles. Une fois sur deux, Tom retrouvait son avion. Cette fois-ci, il ne le retrouva pas.

Un peu dépité, il décida donc qu'il était l'heure de rentrer. Il s'appuya sur la palissade qui courait tout le long du terrain vague, laissant traîner son doigt sur les grands panneaux de bois. Il n'y vit pas les affiches qu'avait collées Dolores, dont le message pourtant hurlait à la face du monde. Mais l'enfant aux yeux de nuit ne savait pas lire. En rentrant à la boucherie, Tom se demanda s'il monterait un jour dans un véritable avion.

CHAPITRE XI

La isla bonita

Le taxi de Paco roulait à vive allure. Sa guimbarde brillait de mille feux. Influencé par le tuning, cette mode des banlieues nord-américaines qui consistait à booster le moteur de sa voiture, à l'enluminer de chromes rutilants et à en trafiquer la suspension pour la faire rebondir sur l'asphalte, il avait aménagé son véhicule de manière à en faire un taxi *unique.* Il y avait un hic cependant : Paco était le dernier des fauchés. Aussi avait-il, faute d'argent, bricolé sa bagnole avec les moyens du bord. Mais bon : l'inventivité, lorsqu'on est futé, remplace bien des pesos.

Son taxi en vérité était une sorte de temple païen dédié à La Madone. Pas la Sainte

Vierge, la chanteuse. Paco vouait un véritable culte à la star : il avait toutes ses cassettes, qu'il passait en boucle tout au long de son service. Il avait collé des dizaines de photos de la vedette dans son taxi. Avait recouvert les sièges d'un tissu bariolé à l'effigie de la chanteuse. Et avait orné les flancs du véhicule d'une immatriculation toute personnelle, en lettres noires bien alignées :

Madonna – XR – 2343

Lorsqu'il chargeait un client, il ne pouvait s'empêcher d'y aller de son petit chapelet sur la star. Que ces derniers fredonnassent avec lui, ou montrassent au contraire quelque signe d'agacement, invariablement Paco faisait le malin :

– Non mais vous avez vu ses fesses ? Et ses seins, dans son bustier en cuir ? C'est un couturier français qui lui a dessiné ses costumes. La Bomba ! Je vous jure, si d'aventure elle pose un jour son petit cul dans mon taxi, j'irai avec elle jusqu'au Cap Horn ! La isla bonita !

Un autre trait caractérisait Paco : il était bavard comme une pie. Trop bavard. Communiste convaincu, il verbalisait ouvertement son opposition au régime d'El

Presidente. Toujours il saoulait ses clients : une dose de Madonna, une dose de thèses révolutionnaires. Ce couillon de Paco ne savait décidément pas la fermer…

La course de ses clients, qu'il se fût agi d'un homme d'affaires ou d'un couple de touristes, lui offrait l'occasion de sillonner la ville, qu'il connaissait dans ses moindres recoins. Aussi n'avait-il pu manquer de voir les affiches qui ornaient les murs, avec leur **NO** abrupt. Tout comme il n'avait pas manqué les veuves qui de plus en plus souvent arpentaient la ville, seules ou en groupe, la tête couverte d'un foulard noir. Il avait vu aussi, à intervalles toujours plus rapprochés, la boutique de tel ou tel commerçant qui ne levait plus son rideau métallique. Arrêté au feu rouge, il n'était pas rare qu'il fût rangé au côté d'une longue voiture noire ; la vitre électrique se baissait alors doucement ; un homme passait le bras par la portière, tournait la tête vers lui. Le dévisageait longuement.

Un après-midi après la sieste, alors que la ville sortait de sa torpeur, on trouva le taxi arrêté le long de la chaussée, à quelques encablures de la boucherie. La portière était ouverte. La clé sur le contact. Madonna couinait dans le transistor. Paco n'était plus là.

CHAPITRE XII

Où Dolores souffle dans les cheveux de Tom

Floc ! L'éponge émit un bruit mouillé, à mi-chemin entre le pet et le gargouillis. Gorgée de vin, celle-ci rendait grâce, demandait qu'on la comprimât.

Dolores essuyait la table, tâchant de réparer les dégâts. Un peu ivre, elle avait renversé son verre de vin ; le liquide rubescent s'était répandu sur tout le bois, noyant au passage le livre qu'elle était en train de lire à voix haute.

Depuis quelque temps, Dolores buvait du vin, le plus souvent de ce *Gato negro* qu'elle aimait tant. Au début elle l'avait trouvé amer, elle qui ne buvait jamais. Elle avait commencé d'en boire au moment de coller

les affiches, pour se donner du courage. Juan lui avait conseillé plutôt de boire cul sec un ou deux verres de feu. Mais jamais elle n'eût pu avaler ce breuvage réservé aux forçats ! Elle s'était donc mise à goûter le vin, pour la noble cause tout d'abord, pour le plaisir ensuite.

L'enfant Tom parlait dans son dos :

– T'as fait quoi comme bêtise ?

– J'ai renversé mon verre, Tom. Rien de grave.

Le gamin venait de plus en plus souvent chez l'institutrice. Le prétexte à chaque fois était celui d'une séance de lecture. Mais celle-ci invariablement devenait le préambule d'une discussion, qu'ils menaient serrés l'un contre l'autre en croquant des biscuits. À mesure qu'avaient passé les semaines, leurs échanges s'étaient faits plus tendres, leur complicité plus étroite. Toujours ils parlaient du boucher Juan.

– Tu l'aimes mon papa ?

– Je l'aime fort, fort, fort.

– Et lui, tu crois qu'il t'aime ?

– Je pense qu'il m'aime très fort aussi.

– Comment tu sais qu'il t'aime ?

– Parce qu'il m'a offert une belle montre dorée.

– Et c'est tout ?

– Aussi parce qu'il ne regarde jamais d'autres femmes que moi. D'ailleurs je ne le supporterais pas : s'il en regardait d'autres, je lui crèverais les yeux !

Tom partit d'un rire aigu, cependant que Dolores se mordait les lèvres de sa repartie lâchée un peu vite.

– Tom, tu aimerais avoir un petit frère ?

– ...

– Tu ne sais pas ?

– S'il m'embête pas, et qu'il se moque pas de moi, alors je veux bien.

Dolores se massa le ventre. Elle souffla sur une mèche de Tom ; la petite touffe de cheveux se dressa un instant sur le crâne de l'enfant, puis retomba sur son front.

– Dis, on peut appeler « maman » une dame qui n'est pas sa vraie maman ?

– Oui bien sûr, si tu l'aimes comme une maman.

Dolores approcha l'enfant de sa poitrine ; elle prit son pull, l'ouvrant depuis le bas pour en faire une sorte de grand sac de tissu, puis fit glisser la tête du gamin sous l'étoffe. Elle le serra fort. Tom posa son visage entre les globes moelleux et parfumés. Il respira un grand coup.

– Dis, c'est mal de mettre sa tête sur les seins des dames ?

– Non, c'est là qu'il y a le cœur.

– Et c'est mal de mettre sa tête sur les seins de sa maman ?

– Non, Tom. C'est très normal, tu sais. On appelle ça un câlin.

L'enfant se lova comme un petit chat dans la chaleur de la jeune femme. Dolores lui fit un long baiser dans les cheveux. Puis elle fredonna doucement une mélodie, murmurant à son oreille des mots qui n'appartenaient qu'à eux.

CHAPITRE XIII

Où le Chili bat l'Argentine par deux buts à un

– Oh, le communiste ! Tu comptes envoyer ton avion jusqu'en Russie ?

Les gamins du quartier apostrophaient Tom. L'enfant ne comprit pas à quoi ils faisaient allusion.

Il trottina jusqu'à la boutique de Chico. Le coiffeur balayait paresseusement le lino, qui présentait des boursouflures par endroits.

– Il y a un match aujourd'hui ?

– Non Tom, pas de match aujourd'hui.

– Je peux rester quand même pour faire des avions ? T'as qu'à me donner du papier…

– Je crois qu'il est préférable que tu rentres, Tom. C'est plus sage.

Le vieil homme avait mis une certaine fermeté dans sa voix. Le gamin, peu habitué à entendre Chico monter le ton, fût-ce avec douceur, devina qu'il ne fallait pas traîner. Il ne saisissait pas bien pourquoi, mais il fila sans demander son reste.

Parvenu à la boucherie, il trouva son père nerveux. Le boucher Juan ne tenait pas en place. Aucun client n'avait franchi le pas de la porte depuis ce matin. Tom monta dans sa chambre. Juan prit un petit crayon de papier qu'il mit à cheval sur son oreille. Puis qu'il reposa. Puis qu'il reprit encore, dans sa bouche cette fois, pour le mordiller. Il roula plusieurs feuilles de papier brun : elles n'emballeraient plus la viande aujourd'hui, il pouvait les ranger. Il décrocha les carcasses, les mit dans la chambre froide. Il nettoya les couteaux, essuya la lame de son grand hachoir. Il débrancha la petite vitrine réfrigérée.

Les speakers parlaient à toute vitesse dans la radio. Ils commentaient la partie qui opposait l'équipe nationale à celle d'Argentine, phase qualificative pour les sélections du prochain *Mundial.* Contrairement à ce que Chico en avait dit au gamin, il y avait bien un match de foot. Mais le coiffeur ne voulait pas avoir Tom dans les pattes. Pas aujourd'hui.

Sur le papier, l'équipe d'Argentine partait largement favorite. Toutefois le Chili menait par deux buts à un. Après une phase de jeu résolument offensive, les Chiliens s'étaient repliés en défense, tâchant de préserver leur avance au score. Le gardien de but chilien était en grande forme : à en croire les speakers, il avait effectué quelques parades somptueuses.

La chaleur était accablante. Les commerçants avaient baissé leurs rideaux à demi, se réfugiant sous l'ombre de petits parasols frappés du logo d'une marque de bière. Ils agitaient devant leur visage un éventail de fortune.

Quelques fillettes mangeaient des glaces, cependant que les garçons jouaient près des bouches d'incendie, donnant des claques dans les filets d'eau pour asperger leurs camarades. Cela faisait des éclaboussures qui scintillaient dans le soleil couchant, avant de mourir en retombant sur l'asphalte.

Partout sur les murs s'exhibaient les affiches posées par les amants. Leurs coins commençaient de se décoller, fouettés doucement par le vent chaud. Leur **NO** criait silencieusement. Mais tout le monde avait pu s'en rendre compte : elles étaient depuis la nuit dernière devenues beaucoup plus bavardes. Une main « amie » y avait ajouté de la peinture rouge, qui bavait par endroits. En grandes lettres de sang, on pouvait lire : « Juan et Dolores. » Un peu plus loin : « Le boucher + l'institutrice. »

Et c'était comme si d'un coup une mécanique se fût mise en marche, aux rouages bien huilés ; une mécanique savante et mortifère.

Dans le grand sablier de leur vie, le temps des amants ne s'écoula plus grain après grain, mais se déversa en un jet de sable continu. Le robinet s'ouvrit à fond, laissant filer ses minutes folles, comme mues par une logique implacable.

CHAPITRE XIV

Une éclipse de lune

Un matin, Dolores répondit aux abonnés absents. D'une absence qui se prolongea. On ne la vit pas à l'école, où elle se fit attendre toute la journée. Juan comprit tout de suite. Il n'eut pas besoin d'interroger ses proches, ni de sonder les gens du quartier.

Les disparitions, soudaines et brutales, étaient depuis quelque temps devenues un exercice national. Disparus les camarades du Parti. Disparus les camarades qui préféraient le rouge au noir. Disparus les camarades de deuil. Disparus les bandonéons qui faisaient chalouper la mélodie des lendemains. Disparues les affiches. Disparues les consciences d'hommes et de femmes qui eussent préféré se trancher la gorge plutôt que de céder à l'oppresseur. Disparus les poèmes qui caressaient la mort pour mieux la conjurer. Disparus les lents refrains de Tsvétaïeva. Disparus le lyrisme et la lune. Disparus le twist et le tango. Disparus les jours de fièvre, les jours de joies et de désirs brûlants, les jours d'insondables espoirs. Disparue Dolores.

L'institutrice s'était-elle envolée dans un grand avion de papier pour Iquique ? Pour Antofagasta ?

Avait-elle été traquée comme une louve par les chasseurs de nuit ? Kidnappée ? Ou dissoute dans l'acide à Tocopilla ?... Nul ne le sut jamais.

Le boucher Juan retrouva seulement le foulard de la jeune femme. Il le donna à son fils :

– Dolores est partie, Tom.

– Elle reviendra bientôt ?

– Non, Tom. Elle ne reviendra pas.

La voix du père était un peu tremblante. Le gamin comprit qu'il se passait quelque chose de bizarre, qui appartenait au monde des adultes. Il ne posa pas de questions.

Est-ce qu'on accusa Son Excellence d'avoir encore frappé ? Est-ce qu'on implora un quelconque dieu de ressusciter Dolores ?

Est-ce qu'on hurla de douleur à s'en écorcher la peau ? Non, on ne fit rien de tout cela. Les pleureuses ne poussent leurs cris que dans les documentaires filmés par les télévisions occidentales. Nul lamento. Ainsi allait la vie à la boucherie des amants. Juan et Tom avaient un cœur pur. Et l'enfant regardait la nuit.

Tom prit le foulard de la jeune femme, auquel il fit un nœud. C'était comme s'il en voyait les couleurs pour la première fois, les couleurs de parfum. Il porta l'étoffe à son nez, et respira doucement la bonne odeur de sa presque mère, sa mère disparue.

Mais les fragrances lui étaient arrachées, remplacées par cette amertume qu'il ne connaissait pas encore : le gamin avait un goût de métal dans la bouche.

Et c'est ainsi sous la lune sévère de Tocopilla que s'éclipsa la silhouette callipyge de la belle affichiste. On ne revit jamais Dolores.

CHAPITRE XV

Rock around the clock

Le boucher Juan coupait sa viande sans conviction. Il s'en remettait à l'efficacité des gestes qu'il devait accomplir, et qu'il effectuait comme un automate. Il décrochait un quartier de viande pendu au mur. Posait l'échine sur l'étal. Prenait son hachoir. Donnait un coup sec entre les côtes, pour en détacher une large pièce. Il faisait un peu de place sur l'étal, chassait les mouches en fouettant l'air de sa main. Puis il raclait l'os avec son racloir. Prenait un couteau à lame courte pour enlever la graisse. Mettait la graisse de côté. Prenait ensuite un couteau plus grand, à la lame effilée. Et taillait plusieurs tranches bien nettes dans la viande. Il disposait celles-ci sur le comptoir, après y avoir jeté une poignée de sciure et y avoir appliqué une large feuille de papier brun. Il emballait méthodiquement les tranches de viande, une par une, puis les rangeait de la plus petite à la plus grande sous la vitrine réfrigérée. Il prenait la carcasse, la chargeait sur son épaule, et retournait la pendre à son crochet. Il se lavait ensuite les mains. Le filet d'eau qui coulait du robinet se mélangeait au sang. Cela faisait un liquide rougeâtre qui tourbillonnait dans l'évier, avant de disparaître dans le siphon. Il s'essuyait les mains sur son tablier. Puis prenait un petit pic de bois, avec lequel il se nettoyait soigneusement les ongles. Tout cela sans un mot.

Le voleur des quartiers pauvres passa comme à son habitude. Juan ne lui adressa pas la parole. Le boucher le regarda longuement, droit dans les yeux. Aucun des deux hommes n'émit le moindre son. Leur silence était porteur de toutes les fois où ils s'étaient rencontrés, dans le pastiche sans cesse rejoué de l'affrontement ; la comédie n'en valait plus la peine. Juan opina doucement du chef. Le voleur approcha la main d'un chapelet de saucisses. Sans tourner la tête, il le prit lentement, le bourra dans la poche de sa veste. Une saucisse dépassait. Les deux hommes échangèrent encore un long regard. Puis le gars quitta la boutique.

Un peu plus tard, Juan sortit sur le pas de sa porte. Il s'étira et fit rouler les muscles de ses épaules, balayant la rue du regard. Une longue voiture noire, aux vitres teintées, passa à faible allure, ralentissant devant la boucherie. Juan l'avait déjà vue. C'était au moins la troisième ou quatrième fois qu'elle passait depuis ce matin. Le boucher savait ce que cela signifiait.

Le soir venu, Juan fit prendre son bain à Tom. Contrairement à l'ordinaire, l'enfant ne protesta pas. Il se glissa tout seul dans la baignoire, et expédia sa toilette en quelques minutes. Le père et le fils n'échangèrent aucun mot. Tom ne rêvait plus d'avions.

Juan décida de rhabiller l'enfant. Tom ne s'en étonna pas. Après lui avoir boutonné le col, il rassembla ses affaires. Il n'oublia ni sa peluche, ni son petit hélicoptère en plastique. Puis Juan prit son fils par la main.

Ils passèrent par derrière, empruntant la porte dérobée qui menait plus facilement à la boutique de Chico. Juan lui confia l'enfant. Tom voulut embrasser son père, mais celui-ci se contenta de lui faire une bourrade affectueuse.

– À demain, lui dit-il simplement.

– À demain, répondit Tom.

De retour à la boucherie, Juan tourna un moment sur lui-même, faisant les cent pas. Il savait qu'il ne trouverait pas le sommeil. Il se demanda s'il lui fallait tirer le rideau métallique. Il décida de ne pas le baisser.

Il faisait maintenant nuit noire. Les lampadaires de la rue ne clignotaient plus. Juan prit une chaise, qu'il disposa au milieu de la boucherie, face à la porte. Il la retourna et s'assit à califourchon, dossier contre la poitrine. Il se mit à suçoter le petit pic avec lequel il se nettoyait les ongles. Il le fit aller et venir d'un coin à l'autre de sa bouche, en le mâchouillant doucement, tel un cure-dents. Il était prêt.

Pour pouvoir faire un enfant au cœur pur, il faut soi-même avoir un cœur pur. C'est ce que se dit Juan. Il pensait à Tom. Il pensait à Dolores. Il pensait aussi à Chico, à José, aux affiches et à leur révolution d'opérette. Juan en réalité n'aimait qu'une chose : danser des twist endiablés avec son amour, sur un air de Bill Haley. *Rock Around the Clock.* Car en dépit de ses couteaux et de leurs lames effilées, Juan n'eût pas fait de mal à une mouche.

Le savait-on ? Et avait-on jamais voulu le savoir ? Mais déjà les hommes de la milice fonçaient sur la boucherie.

CHAPITRE XVI

Où les couleurs mélangent leurs brûlures

Pum ! C'est le bruit que fit le grand hachoir de Juan quand il s'abattit sur le crâne du premier milicien. Pum pum ! C'est le bruit que firent les balles crachées par le flingue du deuxième milicien lorsqu'il tira à bout portant sur le boucher. Le colosse vacilla ; il pivota sur lui-même, puis décrivit un grand arc de cercle, hachoir au poing, fauchant au passage la gorge du milicien. Un bouillon rouge jaillit de sa jugulaire, tandis que Juan titubait, à la manière d'un boxeur groggy luttant mollement contre le décompte de l'arbitre.

Lèvres ouvertes sur une parole muette, il cligna longuement des yeux en regardant le troisième milicien, qui se tenait à une distance respectable. Le colosse prit une grande inspiration, qui remonta en raclant des poumons à la gorge, puis il s'affala de tout son long. Il fut suivi dans sa chute par le sbire occis, qui s'écroula dans une flaque de sang. 1 + 1 + 1 = 3 cadavres, pour la beauté du geste. Ainsi allait la vie à Tocopilla, Chili…

Le dernier milicien sut très vite ce qu'il avait à faire : il ouvrit un bidon d'essence, et arrosa rapidement la boutique, aspergeant généreusement les murs et le comptoir. Craquer une allumette fut un jeu d'enfant : un serpent de feu très bleu courut sur le sol, puis de hautes flammes léchèrent les murs carrelés, noircissant leurs faces laiteuses. Les flammes mangèrent aussi les carcasses qui pendaient aux crochets, répandant dans l'air une forte odeur de viande grillée.

Et c'est dans un grand brasier rouge et jaune – un brasero à la mesure du quartier – que fut dévorée doucement la boucherie des amants.

CHAPITRE DERNIER

Où les fleurs se fanent sous la neige

Les nuages avaient pris dans le ciel l'allure de gros moutons noirs. On eût dit des bêtes folles qui déchiraient le bleu en roulant sur elles-mêmes. Puis, à mesure qu'ils montaient, ceux-ci perdirent leurs formes animales pour se dissoudre en milliers de petites bulles d'air qui firent comme un toit diaphane à l'Amérique, dans tout son Sud.

Le quartier bien vite retrouva ses habitudes. Tous revinrent à leurs joies autant qu'à leurs mutismes, regards baissés vers le sol, colères rentrées.

Le coiffeur Chico continua d'enflammer la tête de ses clients. Le *Paradis* continua de jouer ses rock and roll essoufflés sur sa vieille guimbarde de juke-box. Bientôt les femmes se remirent à rouler des hanches en prenant des poses aguicheuses, tandis que les hommes rêvaient de révolutions. Le quartier oublia la boucherie et ses amants. Le trou béant qu'avait laissé la boutique en brûlant défia l'architecture bien alignée des magasins pendant quelque temps, puis l'on rebâtit des murs. L'on ouvrit à la place de ce qui avait été autrefois le temple des crochets rutilants une officine d'un nouveau genre : l'on y vendit des lunettes.

Les mille et mille vies volées, au Chili comme ailleurs, ne le furent-elles que pour être écrites par des poètes ayant grand peine à contenir leur lyrisme ? Ou ces destinées ne furent-elles que pétales de fleurs tombés en neige lente sur le linceul du souvenir ? Une chose est sûre : personne dans le quartier n'osa désormais prononcer le nom de Juan, non plus que celui de Dolores. La mémoire demeura vacante.

Seul Tom gardait dans ses yeux l'ombre muette des jours en allés. Il avait suffi d'une éclipse de lune et d'un grand brasier pour le faire basculer dans le monde adulte. Aussi l'enfant continua-t-il de regarder la nuit ; il sentit qu'il lui faudrait dorénavant être solide comme le boucher Juan pour affronter le monde et ses chimères.

Des petits yeux aveugles n'ont jamais empêché personne de pleurer. Tom avait une boule dans la gorge, et un plein sac de pierres dans le ventre. Si ses larmes avaient roulé sur ses joues, elles eussent été des larmes de diamant, coulant d'une rivière somptueuse. Mais le gamin ne pleura pas. Le gamin ne pleura plus jamais.

Composition réalisée par FACOMPO (Lisieux)

Achevé d'imprimer en décembre 2010 en Espagne par
LITOGRAFIA ROSÉS
Gava (08850)
Dépôt légal 1re publication : janvier 2011
LIBRAIRIE GÉNÉRALE FRANÇAISE – 31, rue de Fleurus – 75278 Paris Cedex 06